KB179727

씨앗의 소중함을 아는

____________________ 님께 드립니다!!

꽃씨를 거두며

지은이 조미애
펴낸이 김용태 | **펴낸곳** 이룸나무
편집장 김유미 | **편집** 김지현
마케팅 출판마케팅센터 | **디자인** 플랜A
초판 1쇄 인쇄일 2017년 8월 20일
초판 1쇄 발행일 2017년 9월 15일
주소 410-828 경기도 고양시 일산동구 산두로 265-17(정발산동)
전화 031-919-2508 **마케팅** 031-943-1656 **팩시밀리** 031-919-2509
E-mail iroomnamu@naver.com
출판 신고 제 2015-000016 (2009년 9월 16일)
가격 10,000원
ISBN 978-89-98790-48-6 03810

꽃씨를 거두며

조미애 시집

이룸나무

시집을 내면서

양자화된 시로 또 하나의 마침표를

나팔꽃이 피었다. 장맛비에 숨죽이며 기다리더니 오늘 아침 투명한 잉크빛 꽃잎을 열었다. 해마다 새롭게 피어나서 녹색의 줄기를 감고 오르는 모습이 지난날의 여정인 듯 새삼스럽다. 시간의 흐름은 일정한 데 기억 속에 남아 있는 사건들은 줄기를 따라 흐르다가 잠시 멈추곤 한다. 갈래진 잎에 머물다 어느 순간 꽃으로도 피었다. 덩굴식물이 마디를 만들면 드문드문 시간이 머물고 매끄러운 줄기에는 시간조차 남지 않았다. 현실은 삼차원의 공간이 분명한데 선명한 기억 속에서 시간은 이처럼 변수로 존재한다.

선線은 점點의 집합이다. 불연속한 점이 집합을 이루면 연속인 선이 되는 것이다. 불연속한 것은 양자화陽子化된 공간이다. 시인이 시詩를 쓰는 것은 양자화된 사건이다. 온통 불연속한 세상에서 한 줄의 시는 차원이 다른 공간을 넘나들고 있다.

어느새 다섯 번째 시집을 엮게 되었다. 나의 글쓰기는 가벼운 기침처럼 끊어질 듯 이어지고 있다. 한 편의 시는 수직선 위의 한 점이다. 문단 말석에 이름을 얹기 훨씬 전부터 시를 써 왔으며 죽는 날까지 써야 한다는 책무에 사로잡혀 있으니 불연속이 아닌 연속임이 분명하다. 그럼에도 양자화된 시를 묶는 일은 또 하나의 양자화된 작업이 되고 있다. 불연속한 수많은 점들 위에 지금 또 하나의 마침표를 찍은 것이다.

나날이 책과 문서철은 쌓여가지만 그럼에도 해야 할 일을 다 하지 못했다는 부족함을 느낀다. 그 순간만은 언젠가는 모두 놓고 돌아가야 한다는 사실을 잊어버리는 것이다. 조선 후기 실학자 정약용은 오랜 귀양살이를 마치던 해에 목민심서를 완성했다. 목민심서는 지방행정관의 부임에서 해관까지 지켜야 할 원칙과 규범들을 상세하게 기록하고 있다. 최근에 '해관 6조' 중에서 귀장歸裝편을 다시 읽었다. 귀장이란 말 그대로 퇴임하는 행장이다. 관리의 퇴임 행장은 낡은 수레와 여윈 말이라도 가벼워야 한다. 다산茶山은 집에 돌아온 후에도 새로운 물건이 없고 청빈한 것이 예전과 같으면 으뜸이요 방편方便을 베풀어 일가를 넉넉하게 하는 것은 다음이라고 했다. 매번 두고 갈 것이 그리 없어 다행이라고 말하고 싶은데 사실은 정리하지 못하고 짐만 쌓아두고 있는 것은 아닌지 모르겠다. 적절한 거리 두기를 연습한 사람처럼 행세하고 있는 것 또한 부끄럽다. 연속과 불연속이 하나일 수 있듯이 이런저런 마음 또한 꽃씨를 거두던 날처럼 흘러갈 것이다.

모든 것이 감사할 일뿐이다.

2017년 여름에

조미애

목차

3부≫ 하얀 민들레

4부≫ 길 위에 길

1부

상추꽃

꽃씨를 거두며

아파트 베란다에 가을이 내리던 날 갈색 줄기를 당겨
연필심처럼 까만 나팔꽃의 씨를 거두었다
손톱만 한 왕관 모양의 집들이 엄지와 집게 사이에서
바스락거리면서 부서지고 손바닥에는 그들만의
짧은 한평생이 한 줌도 되지 못한 채 부스러기로 남는다.
겨울이 오기 전에 덤불을 정리하기로 했다
제멋대로 늘어져 이리저리 얽혀 있는 것이
오히려 자연스러워 오래 두고 보고 싶었지만
미리 온 찬바람에 알 수 없는 조바심이 일어
서둘러 씨앗을 모으기로 한 것이다
본디 봉숭아에 곁방살이했던 무리들이다
쌍계사 찻집 뜰에서 분양해 온 화분을 따라와
안집의 분홍 꽃은 누군가의 손톱 위에서 물이 들어 떠났고
별채에 남은 나팔꽃은 예쁘게 피었다가 18알의 자국을 남겼다
그렇게 피고 또 지고 두세 해가 지나자
마침내 그들만으로도 숲을 이루게 되었으니
가끔은 먼 길 나들이도 쉬이 나갈 수 있었다.
땅에 떨어지고 나면 자취조차 숨어버리는 씨앗의 몸체

들이
연이어 손바닥에서 가볍게 부서지면서 후후 표피를 날린다
제 몸 다시 태어나기 위해 그렇게 얇은 막 속에서 숨죽이
다가
때로는 기다리다 못해 스스로 껍질을 벗고 튀어 오르기도
하고
오늘처럼 사람 손길에 의지하여 거두어짐으로써 안심하기
도 한다
모든 것이 새로운 이야기를 담고자 하는 씨앗의 몸짓이었다.

달의 직진

달은 직진하고 있었다
우주를 향해 달리는 속력으로
화성을 지나 목성과 토성까지
태양계를 지나 우리 은하 저편으로
깜깜한 공간을 자유롭게 운동하고자
137억 년 전 지구와 한 몸이다가
소행성과 충돌한 그 순간부터
달은 직진하고 있었다
지구는 중력으로 달을 속박하고
끊임없이 끌어당겨 곁에 두고자 하였으나
직진하고 싶어라 벗어나고 싶어라
지구가 끌어당기는 중력처럼
달에게도 제 몸 질량만큼의 힘이 있었으니
미약하지만 영원히 거부할 수 있는
언젠가는 직진할 것이라는 희망에
달은 지구 중력에 반항하여
해마다 진달래 꽃잎만큼씩
지구로부터 멀어지고 있다

만덕산 백련사의 봄

이름은 승려였으나 행동은 선비였으니
세상을 놀라게 했던 화엄의 맹주는 누구신가
꼭 한 번의 인연이 되어 행여 만날 수 있을까
한 발 또 한 발을 내딛는 곳마다 깊게 패는 자국
남도 유배길 이슬 젖은 백련사 동백나무 숲길은
갈색의 나뭇잎으로 가득하여 따뜻하고 포근한데
숨이 차오르는 것은 알 수 없는 장엄함 때문이다
아암兒菴이 걷고 다산茶山이 걸어 역사를 이룬 길
바스러져 땅과 한몸이 된 낙엽 위로
붉은 동백꽃이 선녀처럼 내려앉는다
가벼운 봄바람에 두 볼을 식히는 삼월
강진만에서 날아온 청잣빛 향기가
나그네에게 세상 나가는 길을 묻는구나
새벽안개를 헤치고 찾은 만덕산 자생차를
품에 고이 안고서 산중 즐거움에 가득하여
스승 찾아 친구 찾아 길을 나선 진솔한 요즘 사람
그날도 붉은 꽃은 시리도록 앞을 다투어 피었으며
동백잎 사이에 들던 햇빛은 서럽도록 눈부셨을까

곁방살이

한 지붕 아래 운명처럼 엮인 가족이다
숨죽이며 싹을 틔워 곁방살이하는 식물에게는
태양의 왕국에서 요구하는 하나의 규칙이 있었다
의지할 수 있는 창窓은 유일한 외줄 하나뿐인데
그마저 혼자에게 모두 주어진 길이 아니었기에
어쩌다 부딪힐 때면 우선 주춤하고 멈춰서야 했다
먼저 잎을 크게 넓혀서도 아니 되었으며
말하지 않아도 길을 양보하고 비켜서야 했다
성벽이 높고 큰 외진 섬에서 피었더라면
조금은 외로울 수 있을지언정 마음껏 자라서
온갖 햇살 모두 받고 소리칠 수 있었을 것을
올망졸망 좁은 공간에 키 재기 하듯 태어난 까닭에
일찍부터 상대를 배려하고자 기지개조차 조심하였다
하물며 면적을 유지하는 것은 결코 해서는 안 되었으니
나눔이란 결국 생존을 위한 투쟁이었던 것
제국의 질서를 존중하면서 작은 잎으로 무성하게
빛을 공유하면서 생명을 이어가기 위해서
아주 조금씩 조심스럽게 익어야 했다

무량사

기와에 앉아서 잠시 기다리다가
지상을 흐르니 자갈이 길을 내어줍니다
눈이 녹은 찬 물방울은 석등을 튀어 올라
백제 연꽃의 꽃잎 속으로 달아납니다
스님의 발등에서 쉬어가는
말없이 내리던 비가 봄이었나 봅니다
나뭇가지에 앉으니 꽃망울이 맺힙니다
나무는 온통 물방울 꽃 천지가 되었습니다
꽃눈 없은 무량사 매화가 피었습니다
빗방울이 앉아 꽃이 되는 것을 아는지 모르시는지
매월당 김시습은 탑돌이만 하고 계십니다

미역

바닷길이 갈라진 초입은
미역밭이었다
매끈하게 줄줄이 누워
햇볕에 몸을 태우고 있다
모도母道로 이어지는 신비의 바닷길
잠시 전까지 바다였던 그 자리에
두 발 딛고 서서
멀어진 다른 바다를 본다
꿈처럼 다가왔다 가는 물길
어디에서 흘러 와 지금은
이 자리에 머문 것일까
갯벌에 물든 빛깔을 줍는다
세상 구경하러 고개 내밀던
작고 가벼운 그를
지탱해준 것은 바다
제 몸을 붙이고
함께 온 작은 돌멩이들
두고 올 수 없어 짊어진
미역들의 집이다

괭이밥

괭이밥이 칡넝쿨 될 때까지
정성스레 굽어보지 못하였다
좁은 화분 속 영토에 만족하면서
주인나무 그늘 아래 잠시 노숙하며
이슬비 같은 햇볕에 감사하였다
올망졸망 저희끼리 모여 있다가
배시시 웃으면서 노란 꽃 피우고
바람 불면 바람 따라 흔들리면서
눈곱 같은 하얀 꽃가루 날려서
제 목숨 이어갈 줄 알았다
일생이 가련하여 그대 잡초라 하여도
손사래 치는 양이 그저 귀여워
스스로 허물어진 후에야 뽑아내곤 했는데
그쯤 되면 이승에 내린 생명은 이어주었다 싶었는데
어느새 칡처럼 굵고 단단하게 줄기가 터를 잡고
땅을 넘어 옆집 지반을 잠식하였다
하찮게 태어난 여린 잎들이
넝쿨 지니 한 세력이 무척 단단하다
줄기 거두고 뿌리 캐어내기가 여간 수월치 않다
넝쿨 아래 숨죽인 채 나팔꽃 하나 숨어 있었다

봄맞이길

영랑 생가 돌담은 겨울바람에 더욱 의연하다

남도 땅에 스미는 봄이 오는 햇살

하늘을 바라보고 별을 따라 입술을 내민 동백꽃

이제 바람만 불면 피어날 의지

마음을 가지에 얹어 두고 돌아서는 길

시리도록 아름다운 그리운 고향

부활초

사하라 사막에서 부활한다
가시덤불 덩굴을 모래밭에 굴려
오래 숨을 멈추고 기다린다
한 모금의 물을 찾아 마른 몸 부리고
일 년에 한두 번 내리는 비를 기다렸다
한 방울 물의 무게로 겉껍질을 벗고
모래밭에 흩어지는 갈색의 작은 씨앗들
이내 뿌리를 내리고 떡잎을 올려
잎을 만들고 개체로 성장한다
무심한 태양은 뜨겁게 떠올라
식물은 수주 만에 생生을 다하지만
백년 후라도 괜찮아 기다릴 것이다
비가 내릴 때까지 살아남아서
비만 와 준다면 열매를 만들기까지
결코 오래 걸리지 않으리
그렇게 살아서 다시 백년을 기다려
홀연히 피어나는 부활초

꽃대

꽃대는 바람에 대한 화답이었다.
몽근 흙으로 덮인 지상으로의 장막을 걷어내자
어린 대에 스민 눈물방울이 푸르르 떨어진다
미련 없이 버려졌던 지난해 겨울 상처를 숨긴 채
다만 기억되어 그대에게 남기를 바라는 마음만으로
모자라고 부족함에도 살아 있기를 기도하였다
연약하여 휘어질 듯 여리지만
무의미하게 지나쳤던 시간 아니다
숨죽이며 견디어 낸 고통의 숨결과
땅속 온도 13도를 끝내 유지하면서
공간을 구분하고 소망을 키웠던 것
이제 한 송이 꽃이 되어 그대에게 남고자
꽃대 하나 꼿꼿하게 고개를 치켜들었다
서러웠던 시간들은 이미 잊은 지 오래
꽃대는 곁눈으로 바라보는 사랑의 흔적이다.

비오스의 봄

비오스 언덕에서는 그저 기다릴 뿐이다
옷자락을 휘감고 돌아서는 인형 같은 흐느낌
나무에 얽혀 뿌리조차 줄기가 된 식물은 새살거리며 놀고
알 수 없는 바람에 작은 꽃이 파르르 흔들렸다
숲 속 나무들은 호수에 비친 제 얼굴을 내려다보거나
물속에 둥지를 튼 동무들과 서로의 모습을 확인하면서
빙그르르 떨어지는 나뭇잎과 출렁이는 숨결에 귀를 기울인다
한없이 느린 동작으로 오른팔이 하나 들어 올려지고
잠시 멈추었다가는 긴 호흡과 함께 춤이 다시 이어질 때면
목선木船이 움직이는 속도와 언덕 풍경은 비로소 겹쳐지고
여인은 오키나와를 찾은 여행객을 위한 봄날이 된다
한 번 뒤돌아서기를 기다리는데 한나절 해가 기울고
지친 배는 시간을 잊었다는 듯 선수船首를 돌리는데
화려한 기모노의 그녀는 지금쯤 제 얼굴을 보여주었을지.

내 마음에 내리는 비

바다에 내리는 비는 푸른빛

황토밭에 내리는 비는 황토색

배추밭에 내리는 비는 배추색

내 마음에 내리는 비는 봄색

• • •

상추꽃

하루에도 몇 번씩 내다보다가
나의 이 지나친 관심을 버거워할
그가 안쓰러워 곁눈으로 보았다
이생의 긴 햇살 아래 연하게 자라다가
무명저고리를 노랗게 물들였다
시골집에서는 무심했던 일이
텃밭을 헤집던 어린 날에는
하찮던 것들이 이제 이렇게
소중한 일이 될 줄이야.

새들의 언어

그것은 무리 지어 날아가는 새들의 날갯소리였다
투명한 캔버스는 분할되어 점묘화가 진행 중이다
모두가 펜촉만큼의 자국으로 비교적 균일하였으나
간간이 엇박자로 넘어진 자리는 뾰족하게 부리가 되었다
몽골사막에 그림처럼 생긴 모래언덕 같기도 하여
바람이 불 때마다 그 형태가 다른 새로운 구릉으로
사라졌다가 다시 헤쳐 모여 군무가 진행 중이다
궁중음악에 맞춰 춤을 추는 여인의 부채이기도 하고
동편제 소리꾼이 제 곡조에 못 이겨 통성으로 지르다
기가 막혀 잠시 멈추면서 고개를 끄덕이는 시점이 된다
어둠을 끝내고 그림자처럼 새벽을 만드는 빛의 통로
오래전부터 완성되어진 듯 보이는 새들의 이동은
높고 낮은 도시의 빌딩 위에 그려진 한 폭의 풍경화로
밤새 비가 온 것일까 자동차 바퀴와 아스팔트가 교합하는
칙칙한 마찰음이 하늘의 소리를 흩어지게 한다
반복되어지는 날들과 새들의 끊임없는 움직임은
심호흡으로 예비 되어진 우리들의 오늘일 수도
아직 준비하지 못하여 불안한 내일일 수도 있다
느낌은 파동에 실어 보내온 새들의 언어.

다락방

다락방에 누워 별을 본다
볼을 만지듯 하늘을 만진다
지상에서는 볼 수 없던 영역을
좁은 공간에 몸을 뉘이니
요술경 속인 양 환하게 보인다
마음마저 가까워진다
비좁은 곳이 이렇게 편안한 것을
온갖 사물들이 축소되어 들어온다
우주에 또 하나의 별이 생겼다.

쇠똥구리

아프리카 별들은 죽어 바다에서 다시 태어난다
물보라처럼 솟아오르는 것은 하늘의 영혼
동그란 똥 덩어리 하나면 평생을 먹을 수 있는
쇠똥구리가 제 몸보다 큰 먹이를 지고서 간다
무게를 지탱하기 위해 물구나무서기를 한 채
길을 재촉하지만 끝내 모래밭에 갇히고 말았다
시지프스처럼 모래 언덕을 오르다 미끄러지고
다시 일어서 굴려도 보는데 먹이는 그새 말라버렸다
먹이를 짊어지고 있을 때에는 앞을 볼 수 없었던 그는
먹이를 버렸을 때 비로소 하늘을 올려다볼 수도
사막을 바로 걸을 수도 있게 되었다
별들은 바다에 떨어져 새로 태어나고
쇠똥구리는 편안한 잠을 청하였다

어느 날 아침

아침에 눈을 뜨니 꽃이 있었다
묵묵히 서 있던 가지마다
안개 서리듯 꽃눈이 열려
어제와 다른 오늘이 되었다
세상 바람도 드디어 포근해졌다
이제 남은 일이라면
낮별을 기다리는 연인을 위해
마지막 영양분 모두 토하여
한 잎 나팔꽃으로 피어나는 것

식물의 사랑법

식물의 생식은 기다림과 인내의 결과다
비록 작은 모습으로 세상에 나왔으나
뚝새풀과 민들레는 언제나 크게 보이고 싶었다
꽃잎이 마르고 시들어도 꽃대 끝에 차곡차곡 쌓아서
곤충이 앉을 수 있게 옹색한 자리 무시하고 지나칠까 두려워
버리지 않고 낡은 잎으로 최대한 꽃자리를 넓힌다
큰 것은 큰 것대로 작은 것은 작은 것대로
사람 사는 세상처럼 정교한 법칙들로 가득하고 존엄하다
물옥잠은 제 것 말고 거짓 수술로 몸을 부풀려
꽃가루 날리지 않도록 몸부림을 하고
달맞이꽃은 미리 암술머리에 슬며시 엉겨 붙는다
발사체로 변신한 쑥은 바람을 붙들었으며
꽃이 질 무렵까지 수정이 안 된 닭의장풀이
암술과 수술이 스스로 엉켜 수분하는 것은
살아서 소임을 다하기 위함이다
씨앗이 두 개인 도꼬마리의 열매는
동시에 싹을 틔우지 않는다
큰 씨앗이 실패할 것에 대비하여
작은 씨앗은 숨죽이며 기다리는 것이다

불안하고 척박한 환경에서 모두가 근신하면서
결코 서두르지 않는 식물만의 사랑법이다

호접란

그대가 한 송이 꽃으로 피워지기까지 우리는
너무 가까이 다가가서도 멀어져서도 아니 되었다
꽃눈이 맺히면서부터 필요한 것은 골디락스 영역.
생명을 이어가기 위한 아프리카 사막의 오아시스처럼
뿌리는 끊임없이 물을 끌어당겨 물관으로 운반하였으며
이산화탄소와 타협하느라 수런거리던 넓은 잎의 엽록체들
모든 것이 오래된 사진 속의 풍경처럼 한없는 그리움이다
배시시 열린 틈은 산소가 통과할 만큼의 좁은 공간이었다
조심스레 다가가 눈을 대어 내밀한 자리를 들여다본다
한 줄기 빛을 받아들여 대지를 이룬 듯 향기롭다
그렇게 어느 날 꽃눈은 꽈리처럼 부풀어 오르고
줄기에 남아있던 작은 물방울마저 홀연히 증발하던 날
하늘길 발자국 같은 오월의 부케로 그대는 피었다.

• • •

프리지어 피는 봄

한 송이 꽃은 숨 막히는 기다림이었으나
봄은 예정되어 있었고 꽃대는 시샘하듯 솟아났다
흩어졌던 구근들이 어둡고 깜깜한 흙더미를 밀어내면서
굳었던 땅속까지 스며든 한가로운 빛을 맞이하였다
긴 머리를 휘날리는 봄나물 같은 여인으로 태어나서
끊임없이 제 존재를 알리고자 초록의 고갯짓을 한다
우리들은 달빛처럼 물든 프리지어의 숲을 기다렸기에
고르지 못한 바닥에 행여 얼굴을 다칠세라 보듬기도 하고
좁은 길을 따라 걷다 잎끝이라도 밟을세라 쓰다듬었다
빈 화분 위에 얹어 두거나 자갈 위에 몸을 부리기도 하면서
바람의 움직임을 관찰하고 흩날리는 빗방울을 원망했다
온실의 보호막을 걷어내고 노지에 방치한 우려 때문이었다
굳어 버린 심장을 향한 아우성에 번번이 굴절하더니
사월 어느 날 눈부신 날에 응답이라도 하듯 꽃이 피었다
살아 있다는 것은 흙으로부터 생명을 얻는 것
사람들이 찾지 않는 산골 마을을 여행하는 것처럼
프리지어가 피어난 봄은 유난스레 따뜻하였다.

오베르의 집

일렁이는 녹색의 물결에 누었다
한숨에 달려갈 수도 있었지만
언덕에 서서 푸른 지붕의 집을 바라보며
참았던 숨을 잠시 고르기로 했다
가을볕 같은 그리움이 밀밭 위에 앉는다
파리 북쪽 마을 오베르 쉬르우아즈에서
빈센트 반 고흐의 붓을 따라 여행하는 중이다
지상에서 저승까지 영혼으로 움직이는 숨결이다
때로는 굵고 한편으로는 가늘고 섬세한 물결이다
화가의 속삭임과 고통을 기억하고자 밀밭에 눕는다
또 한차례 바람이 불어 밀밭은 흐느끼면서 소리친다.

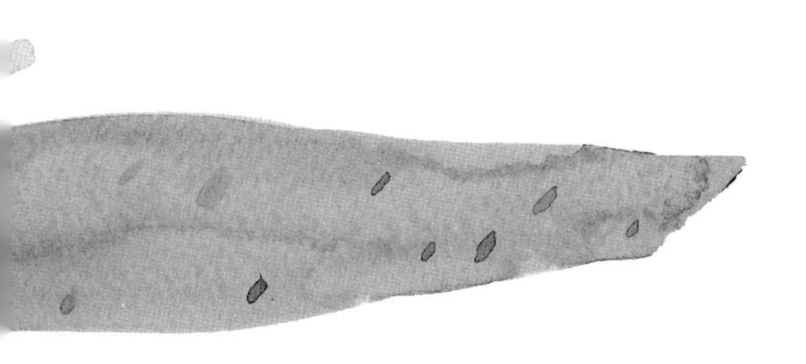

빛과 바람이 만나는 날

— 병신년丙申年 새해에 부쳐

그대 이제야 오셨는가
신새벽 안갯속을 풀대님으로 달려
병신년 새해 새 아침에 이렇게 오셨는가
새들은 무리를 지어 하늘을 날고
빛과 바람은 공간에서 만나 오로라 되었네
날갯짓하는 시간을 투명하게 분할하였으니
우리들이 오래전부터 기다려왔던 당신은
보이지 않는 파동이 보내는 신호를 알고 있었다.
떨어진 자리가 너무도 척박하였던 씨앗이라
제비꽃처럼 칡꽃처럼 그렇게 분명한 향기로
크기도 작고 꽃가루 또한 비록 적어도
암술과 수술은 만나 꽃가루받이를 준비한다
뿌리를 내릴 수 없는 땅에 떨어졌으나
제 몸 길이의 천 배까지 날아가 숨죽인 채
기다리고 또 기다리면서 결코 서두르지 않았다
태초로부터 출발한 빛을 온몸으로 맞아 싹을 틔우고
높고 낮은 도시의 빌딩 숲과 함께 이내 풍경이 될 것이니
기린봉을 떠난 무지개는 어느새 그림 위에 와 앉는다
예비 되어진 오늘과 예측할 수 있는 내일을 향하여
문 안의 내가 문밖의 나를 만나기 위해 서 있다

그대 앞에 바람이 되어 새로운 역사를 쓰리라
한데 어울려 춤추고 종일토록 노래하리라.

Ⅱ부

꿈속에서

물질과 반물질

물질과 반물질이 충돌하는 격렬한 현장이었다
서로가 서로를 견제하고 파괴하면서 공간을 확보하였으며
복사선이 방출되고 방사능은 사방으로 퍼져 나갔다
반물질이 자연 붕괴된 이유를 우리는 알지 못한다
그곳에는 오직 태초의 모습으로 시작만이 있을 뿐
차고 넘치는 에너지를 주체할 수 없는 사건들이 가득했다
더 이상 반물질을 볼 수 없게 된 물질의 세계에서는
무거운 쿼크와 가벼운 렙톤 입자들이 충돌하였으며
상호작용하여 양성자와 중성자를 만들고 원자핵을 이루었다
세상이 반물질을 버리고 물질의 세계로 들어서기까지는 순간
사라진 것들은 지금 존재를 찾을 수 없다는 것일 뿐
보이지 않기 때문에 믿을 수 없는 것은 결코 아니다
질량을 지닌 암흑물질과 또 다른 암흑에너지로 가득하여
확인하고 드러낼 수 없는 가치들이 수두룩하게 쌓여서
모두에게 보이지 않아도 믿을 수 있다는 증거가 되었다
작은 물질은 힘이 되었고 그 힘은 모여서 세력을 이루었다
그들만의 장이 되었고 그곳에는 질량이 부여되었다

물질은 물질과 더 많이 접촉하여 더 큰 질량을 얻을 수 있었으니
우리들이 또 다른 우리들과 부딪히면서 아픔으로 성장하는 동안
누군가는 사라진 퍼즐 조각을 찾아 맞추면서 중얼거린다
물질과 반물질의 충돌은 여전히 끝나지 않은 사건이다

깜뽕블럭의 하루

깔깔대기도 하고 투덜거리는 것도 같은 언어가
노를 저을 때마다 조각조각 나뉘어 흩어진다
캄보디아 여인들의 말은 톤레삽 호수 위에 나비처럼
허공을 맴돌다 나뭇잎에 앉더니 하나둘 부화하였다
쪽배는 울창한 맹그로브 숲으로 그림자를 감추고
뿌리가 채 정화하지 못하여 흐릿한 강물 바닥에서는
수많은 뿌리와 장대들이 엉키어 놀이터가 된 지 오래
우리와 또 다른 삶의 모양들이 결을 이루었다
깊어 보인 것은 착각한 고단한 삶의 일부였으며
물속 땅을 밀면 배가 부드럽게 움직이는 것처럼
거칠 것 없이 자유로운 것이 그들의 숲 같은 생활이다
수상가옥 촌에 하나둘 전깃불이 켜지고 사람들은
저녁을 마친 후 냇가를 찾던 어릴 적 고향 동네처럼
몸을 씻으러 아이 손을 잡고 집을 내려와 강가로 온다
여인들은 부채 바람을 일으켜 아이를 재울 것이다
영원히 지지 않을 것만 같은 해가 수평선에 있었다

• • •

나팔꽃

끝없이 그렇게 오르고자
빛은 하얗게 더불어 담이 되고
의지가 되고 바람은
구름 속도로 살랑거린다
지금 잎이 초록이라는 것은
꽃이 화려하게 꿈꾸는 중임을
말해 무엇하랴
다가섰을 때에야
보이지 않던 것들
볼 수 없었던 사실들이
비로소 눈에 들어와
우리는 하나일 수 있었다
무게중심을 옮길 때 보랏빛은 환상
아침이면 세상에 들었다가
햇빛에 부끄러워 제 몸을 접으며
홀로 꿈꾸는 나팔꽃.

나팔꽃 하나 더

새벽이면 빛을 불러 숨 쉬는 흙을 닮았다
한 층 또 한 층 오를 때마다
부서지는 햇살에 제 스스로 몸을 접고
오색 스펙트럼 미세한 파장을 끌어와
살랑거리면서 볼을 간지럽힌다
지금 초록인 것도 꽃이 청보라인 것도
실은 확인해 줄 수 없는 것이다
멀리 있으면 흑백의 크로키로 남고
만물 속에 들어오면 한 그루 꽃이 되어
비로소 색깔을 갖기 때문이다

• • •

꿈속에서

결혼식장에 있었다
구절초 만발하여 향긋한 공간으로
광목과도 같은 긴 천들이 휘날린다
휘장 너머 신랑과 신부의 얼굴은 흐릿하다
유쾌한 하객들의 웃음이 수채화처럼 번지고
창밖은 푸른 바다로 이어져 하늘에 닿아있었다
바람 한 점 일어서자 파도가 출렁인다
그때 싱그러운 풀 냄새가 날아왔다
고들빼기 꽃이 핀 시골집 텃밭을 옮겨온 것일까
그리워했던 사람들이 모두 그곳에 있었다
꿈인 줄 알면서도 결코 깨고 싶지 않았다

건망

기억할 줄 알았는데
너무도 자명하여
너무도 쉬운 말이라
하지만 어느 순간 소스라치면서
놀랐던 것처럼 그리 반가운 말이라
기억할 줄 알았는데
다시는 잊지 않을 줄 알았는데
잊고 말았다
무슨 말이었을까

• • •

들나팔

세상에 하찮은 것이 어디 있으랴
들나팔 피고 지면 더 높이 올라
윗줄기에서 또 한 송이 피어
그렇게 수도 없이 반복하더니
지고만 꽃마다 움켜쥔 주먹
까맣게 익은 꽃씨들이
숨 멈추고 들어앉았네
줄기를 옮겨 가면서
피고 또 피어나기를
아침마다 반복하기를
가슴 뛰기를 거듭하더니
흙 위로 풀인 양 자라나던 초록잎
슬금슬금 들나팔을 향하여
하늘 맑은 오늘 아침
족두리 같은 하얀 꽃을 피웠다
세상에 필요 없는 것이 어디 있으랴
서둘러 제거해야 하는 것이 어디 있으랴
그렇게 작고 하찮던 것이
이토록 벅찬 기쁨인 것을.

바닥에 등을 대고

바닥에 등을 대고 눕는다
딱딱하여 어색한 몸을
차가운 듯 시원하게
밀어내지 않고 받아들인다
귀가 먹먹해지는
고요가 밀려오면서
한없이 편안하다
마루의 건조함과
온돌방의 따뜻함이다
가끔은 이슬 조금 먹은 풀숲이면
부드러운 흙이라면 더욱 좋겠다
지각의 용트림이 있어도 몸을 맡기면
찾아오는 깊은 안정과
꿈틀거리는 간지러운 사념邪念
자석처럼 끌리는 번잡한 일상들
저승에 먼저 간 그리운 사람들도
등 대고 누워서 편안하겠지

드브리니크

드브리니크는 침강하는 중이다
버나드 쇼가 사랑했던 낙원은 없었다
푸른 바다 위에 빙하처럼 떠 있는 반도를 찾아
국경을 넘어가는 사람들의 갈색의 고단함과
국경을 넘어오는 사람들의 두근거림이 출렁이고
성벽은 아드리아 해를 등지고 묵묵히 서 있었으나
잔설이 남아 있는 것 같은 착각이 드는 은빛 산들과
사랑하는 사람을 위해 채색되어진 붉은 지붕의 마을
성 프란츠성당에서는 장미와 라벤더 향이 수도 없이
낯선 여인의 진줏빛 그리움을 판매하고 있다
좁고 긴 골목들은 성 안의 모든 길로 통해 있으며
잠시 멈추어 기대고 서면 그대로 모두가 영화 속 한 장면
하얀 무명천에 보랏빛 수를 소박하게 놓아 내어 놓고
레이스를 둘러 촘촘히 엮는 잃어버린 영광의 흔적들
반질반질해진 돌 위를 구르듯 걷는 발칸의 여행자들에게
제공되는 것은 부자카페의 쓸쓸한 레몬빛 흥미로움이다.

사티섬

바다는 본래 하늘과 한 몸이었네

하늘에서 배 한 척이 걸어 내려오네

사티섬에는 하늘에 미처 못 간 물고기들

사람들 속에서 노닐고

하늘에서 왔으나 사람 속이 즐거워

하늘 가는 날 잊고서 살고 있다네

반딧불이

맹그로브 숲에 사는 악어들은
반딧불이 보초를 선다
저녁노을이 폭풍처럼 언덕을 넘어가면
어둠 속에서 서서히 발광하는 반딧불이
서로가 서로에게 응답한다
서로가 서로의 관계를 소망한다
소리가 아닌 빛이었던 그들의 대화를
반짝이는 빛만큼 짧은 삶을 공유하는
클리아스리버*는 작은 우주다
바다와 하늘이 맞닿은 통로다
지상에서 짧은 파장을 보내고서
화답해 오기를 기다리는 반딧불이
그들은 이미 성운인 것을 알지 못한 채
검은빛 바다에 초석으로 서서
하늘 세상 가는 길 배웅 받고 있다

* 반딧불이 천국이라는 말레이시아의 강

수상 가옥

어느 날 잠시 맹그로브 숲에 머물러
쪽배에 몸을 싣고 호수에 그림자를 띄운다
노를 젓는 캄보디아 여인은 임신 중이다
알아들을 수 없는 그들만의 언어가 숲에 잠긴다
얼마나 많은 이야기가 물속에 잠겨 있는 것일까
깊지 않은 강바닥에 장대를 밀어 배를 운전하고 있다
해가 지고 군데군데 전깃불이 들어온다
저녁 세수를 나온 사람들 사이로 어둠이 깔렸다
해 질 무렵이면 아이들 부르는 소리가 울려 퍼지고
일찌감치 저녁밥을 마친 동네에서는
할머니 손을 잡고 개울에서 몸을 씻었지
그리고는 부채 바람 일어서 손녀를 재우셨다
종이 위에 가로로 반듯하게 선을 그어
하늘색과 황토 물색으로 구분한 수상가옥에서
수평선에 지는 해를 기다리는데
고단한 삶은 자꾸만 연이어 어깨에 내려앉는다.

앙코르에서 비를 만나다

반질반질한 돌 위에 서서
하늘 위에 솟은 여인과 같은 탑을 본다
하늘 연못에 핀 화려한 연꽃이다
해자에 비친 그대는 잃어버린 캄보디아의 역사
한 걸음 앞으로 다가서면 속마음 더욱 또렷하여
한 걸음 물러서서 가슴을 쓸어내린다
시바와 비슈누 그리고 브라흐마에게
바람과 물과 불을 내려받는다
힌두의 신화 그리고 지옥의 역사를
폭풍우가 휘몰아치던 바다 이야기를 듣는다
차마 떠나지 못하고 우두커니 비를 맞고 서서
세상을 내려다보니 들리는 것은 하늘의 음성
방밀리아에서 날아온 한 마리의 노란 나비가
닫힌 서문과 화려한 연蓮밭에서 젖은 채 날고 있다
나무는 돌을 감고 돌은 나무에 의지하면서
물 위에 떠 선 채로 누구를 기다렸던 것이냐
이제 그만 기다림을 멈추어라
차라리 보리수나무 아래 나를 묻어라

앙코르 톰

가루다 그대 천상을 보호하는 동물이니
압살라 무희와 함께 춤을 추어라
우리는 숲길을 걸을 것이다
고여 있으나 결코 오염되지 않은 것은
제 몸 해자에 던져 물을 정화하는
나뭇잎이 있기 때문이다
따프롬 사원에서 스퐁나무와 만나
이무리따를 찾는 요니와 링가처럼
54개의 선의 신 석상과
54개 악의 신 석상이 도열한
다리의 양 난간을 붙들고 서 있다
머리는 있으나 꼬리는 없으니
낯선 방문객은 남문으로 들어선다
크메르왕국은 숲이 되었다
축축하게 젖은 채로 역사가 되었다
돌과 돌 사이에서 이끼처럼 숨죽이며
낯선 이국인들에게 숨소리를 들려주었다

세르비아의 밤

세르비아 프레지던트 호텔에서 잠을 청한다
생애 다시 올 것인지 여부가 확실하지 않은 여정에
침대 머리 벽에는 미국대통령 부시가 환하게 웃고 있다
옆방 친구는 누구의 초상화 밑에서 오늘 밤 잠이 들 것인지
작동되지 않는 에어컨과 낡은 침대와 화장대가 전부인데
창을 열면 쓰레기 되어 낙엽처럼 뒹구는 과거의 자존심
흐린 하늘과 부산한 거리와 우울함이 그곳에 남았다
의자에 누운 채 씻지 못한 사람들은 아프리카를 떠나
지중해를 건너 새로운 대륙을 꿈꾸며 기다리는 난민들
잠시 몸을 기대었는데 시간은 하릴없이 흘러만 간다
오직 일자리를 쉽게 구하기 위해서라고 했다
몰래 입국하려는 사람들과 불법을 적발하는 사람들이
하루에도 수차례씩 충돌하고 밟히고 피를 흘리는 자리
제과점에서 갓 구워낸 신선한 빵이 유난히도 커 보인다
벽 하나를 통째로 차지하고 있는 각국의 정상들에게
창밖은 그저 풍경 속에 그려진 하나의 풍경에 불과하다
우리들은 잠시 그곳을 지나는 한심한 여행객이다.

블루의 시간

연옥은 청보라 빛이었다
인견의 장막 위를 춤추는 펜
크고 작은 연장들이 푸른 치마폭에 감겼다
부산미술관에서 얀 파브르와 만나던 날
우리는 천국으로 가는 블루의 선로위에 있었다
걸어 다니는 나뭇잎과 춤추는 시간들은
온통 깊고 푸른 물속에 잠겼다
혼돈속의 대칭과 허우적거리는 숨소리와
우주에 빠진 출렁이는 생명들과
선과 선은 만나서 빛이 되고
삐침과 삐침은 만나서 암흑물질이 된
시간과 시간의 경계에서 숨을 멈춘다

오사카성에서

오사카성 사쿠라몬을 지나
타코이시 거석을 출발한 까마귀 한 마리
천수각을 가로질러 울면서 간다
우물 긴메이스이의 닫힌 골 틈까지
알 수 없는 지하 깊은 속으로 파고들어
검은 새의 울음소리를 장식하였다
화려한 그림으로 표현한 병풍과
전쟁의 역사를 기술한 동영상과
장승처럼 서서 떠날 줄 모르는 어린 후손들은
여행객에게 여전히 숨 막히는 침략이다
도요토미 히데요시의 현신인 양 독수리 까마귀는
여전히 높이 날고 따라 일어서는 새떼들이
하늘을 검게 물들일 때마다 쿵쾅거리는
천둥소리에 가슴을 쓸어 담는다.

맨드라미

외할머니 옷고름이 피었다
뜰 안에서 번지는 붉은 입술에
햇살은 진주알처럼 부서진다
물색 치맛자락에서 버선목 내보이듯
고향 집 마당 백일홍 기울어진 틈새로
전쟁과도 같던 어느 여인의 슬픔이 서 있다

옥향식당

옥향식당 아저씨는 삽을 들고 뛰었다
하마 불이 날 뻔했던 사진관 이층집에
우르르 달려왔던 그 날의 진도사람들
반백 년이 지난 지금도 살고 있다
아무런 이야기도 꺼내지 않았다
그저 지나가는 나그네인 양
설렁탕 한 그릇을 주문한다
삼대를 이어 온 집주인의 마음은
덤으로 나온 매생이 한 그릇
아장아장 걷는 사내아이의
까르르 웃는 웃음소리가
십 년 전에는 없던 풍경이다
봄나물 맛나게 무쳐놓고 기다릴 테니
봄에 꼭 다시 오라 하는데
자꾸만 목이 매어
흘러간 시간을 만지작거린다

투본강의 등불

투본강에 망고스틴을 뿌린다
바람처럼 흘러 온 베트남의 역사를
우윳빛 속살의 달콤하고 부드러운 맛과
딱딱해 보이지만 결코 둔탁하지 않는 껍질처럼
편견과 선입관까지 얹어서 강물에 버렸다
피 끓는 청춘에게는 푸른 등을
사랑하는 그대를 위하여 붉은 등을
새로운 내일을 시작하고자 노란 등을
강은 등燈을 품어 소망에 응답하고 있다
이편에서 시작하여 저편까지 꿈의 다리에
하늘까지 이어지는 호이안의 등불이 걸렸다

장미의 그늘

항아리에 담은 작은 꽃밭에서
맨 먼저 고개를 숙인 것은 장미였다
제 몸 줄기마다 촘촘하게 날 선 가시를 박아
누구라도 다가서지 못하게 그토록 경계하더니
허망하게 시들어 먼저 떨어지고 만 것이다
어느 계절 바람 따라가고자 약속이라도 했던 것일까
이렇게 갈 것이면 가시는 왜 그리 억세게 관리한 것인지
흔하게 피는 토끼풀꽃도 제 잎 마르고 시들어
갈색으로 변하여 숨 죽어도 결코 버리지 않는 것을
싱싱한 꽃잎 아래 모르는 채 그대로 붙여 두었다가
차곡차곡 쌓아서 왜소하게 보이지 않도록 하거늘
눈먼 나비라도 넉넉하고 풍성하여 언제라도
수분受粉이 끝날 때까지 쉬어갈 수 있게 하거늘.

• • •

풀꽃

누구도 바라보지 않았다
아무도 말을 걸어주지 않았다
노랗게 꽃망울을 만들고
풀은 저 혼자서 키를 키웠다
척박한 흙의 가치를 말하고자
작지만 화려하게 피어서
진한 흔적으로 남고자
꽃을 기다린다는 것은
얼마나 잔인한 일인가
피우고 나면 생명은 지는 것.

Ⅲ부

하얀 민들레

하얀 민들레

물빛에도 계절이 있었다
봄날 안개처럼 차오르는 그리움의 빛
사람들 모두가 밭으로 나가고 없는
비어있는 집 마당에 군락이 되어 핀
하얀 민들레가 가는 길을 막는다
엉겅퀴처럼 키도 크고 잎과 꽃도 자라서
푸른 하늘까지 날아오르는 나의 눈물 나의 색깔 나의 물빛
가까이 두고 보고픈 마음에 품어 안고 돌아와 화분에 심었다
집을 떠나온 화초들이 그러하듯이 새 자리에 적응하고자
남의 땅에서도 곧게 서 보려고 애쓰는 모양이 안쓰럽다
질긴 생명력에 기대하고 버텨낼 것이라고 생각하여
터 잡고 일어나 하얗게 꽃 피울 날을 기다렸는데
오늘 아침 꽃보다 먼저 애기 솜사탕 같은 씨를 만들었다
그래야지 그래 꽃으로 피어나진 못하였어도
바람 따라 어디로든 날아가서 흙이라면 앉을 수 있게
조금 더 기다려 보는 것이야 그렇게 기다려서
새로운 땅에 뿌리내리고 다시 한 번 하얗게
너와 나의 슬픔을 꽃으로 피워보는 것이야

가을맞이

새들이랑 놀고 있었다
덕유산으로 가을맞이를 갔는데
벌써 저만치 가을빛은 멀리 떠나
은행잎 같은 사랑도
볼 붉은 사과 같은 사랑도
애기 단풍 같은 사랑도
너무도 빨리 깊어
단풍 속으로 들어앉고 말았다
잠도 들어왔다 쉽게 나가는 날
고단한 몸은 달이 많은 행성에서
먼저 온 사람들을 바라보면서
새들과 친해진 것인지
내게 온 가을처럼

도토리와 다람쥐

수리부엉이의 눈을 피해 달아날 수 있었다
숲 속에 흔하게 떨어진 도토리 한 알이지만
다람쥐에게는 생존을 위한 소중한 양식이다
누군가의 현실은 또 다른 누군가 상상하는 세상
어린 다람쥐는 땅속 깊은 곳에 차곡차곡 모으지만
도토리 저장고는 아직도 많이 비어 있구나
배고프지 않아도 골목길에서 붕어빵을 사고
행여 폐점이 염려되어 좁은 호떡집을 찾는 것처럼
함께 할 수 있다는 것은 언제나 눈물 나게 아름다운 일
날은 어두워 오고 겨울은 급하게 다가오는데
채우지 못한 곳간에 서리마저 내린다.

가을 남천

가을 남천에 찬이슬이 내렸다
전주천 맑은 물은 어머니의 남색치마
가로수 은행잎은 어머니의 노랑저고리
푸른 물길에 노랑저고리 휘날리는 계절이면
남천은 저고리의 붉은 옷고름이 되었다
홀어머니 외동딸로 바느질과 살림만 가르치시며
여자가 많이 배우면 팔자가 사나워서 고생한다고
하고 싶은 공부길 막으시던 외할머니께서는
흐르는 물가에 앉아 당신 가슴 한 번 치고
딸 가슴 한 번 치면서 차라리 너랑 나랑 죽자 하셨지
딸자식 공부길 막아 평생 고생한다고 믿으시면서
어린 손녀에게는 하고 싶은 일 다 해보라고 하셨지
붉게 물든 남천은 꽃으로 다시 피어난 하늘길이네.

비 오는 가을

때로는 노랗게 물들 수 있어서 좋았다
단풍나무 가지에 매달려 길동무가 되고
바람 스칠 때마다 우수수 낙엽으로 떨어져도
그대 생각하면 가슴 시리던 날들을 잊을 수 있어
멀리서 날아와 가지 흔들어 말 건네는 바람에게도
수분 모두 잃고서 흙먼지 덮고 누운 갈잎에게도
한때는 수다스러웠던 우리들의 시간을 다 묻은 채
사랑했던 순간들이 비에 젖으면 잊힐까 두려워
그렇게 희미해지는 것이 슬퍼서 비가 온다.

시가 그리워

시가 그리워 물을 찾아갑니다
시가 그리워 산을 찾아갑니다
가을 햇볕에 물드는 은행잎처럼
복숭아씨 속에 담긴 시가 그리워
그대 사랑을 찾아갑니다

상현달

붉은 달이 지고 있었다
서쪽 하늘에 등을 대고 누워서
뒷걸음하듯 서서히 내려오는 것은 상현달
도시는 몸을 감추고 자정을 기다리고 있었다
저만치 건설 중인 고층아파트 옥상에 남겨진 크레인이
밀어내듯 지는 달과 대치 중인데, 지는 달과 솟는 빌딩
그들에게 주어진 쟁점을 서로는 알고 있는 것일까
반듯하게 서서 오른쪽만 불룩하면 반달인 줄 알았는데
꼿꼿하게 서 있는 것으로는 부족하여 두 발을 내밀어
눕기도 하고 소리 없이 좌우로 뒤척이기도 하는 달
그렇게 오래오래 지구 위 한 자리를 찾아 머물다가
가난한 소녀의 유리창 가까이까지 다가와서는 일순
바람을 밀고서 마른 땅으로 돌진하듯 달려든다
그러자 안개가 걷히고 새벽을 준비하는 사람들의
수런거림이 시작되었다 어둠은 어수선함을 감추었으나
오랫동안 침묵하던 풀잎들을 비로소 깨운 것이다.

서도리 영순 씨

밤길을 달린다
자전거를 타고 그녀는 달린다
헉헉거리면서 잘도 달린다
겨울밤 길고 긴 밤을 잘라내듯이
어두운 좁은 길을 싱싱 달린다
남원시 사매면 서도리 영순 씨는
혼불 찾아오는 사람들
혼불 맞으러 가는 사람들
세상 찾아 나가는 길
세상 구경하고 돌아오는 길
두려움 없이 잘도 달린다

우편물

어쩌다 받는 한 장의 그림엽서가
새로운 의미가 되는 날이 있었다
지금쯤 그이도 내 편지를 받아 보았을까
생각하며 바라보는 나무는
잎새마저 사랑스러웠다
이제 더 이상 설렘으로 주고받는
편지 없어도 우편함에는 우편물이 가득하다
정기 구독하는 몇 권의 잡지와
어떻게 알고 왔는지 알 수 없는 간행물
누군가 정성 들여 만들었을 그것들이
가끔은 버겁기도 하다
화들짝 놀라는 기쁨이 아니라
무심하게 바라보는 사랑이 부족하여
오늘은 오래오래 꽃들과 이야기한다

외출

바람이 왔다
잠시 머문 자리를 찾아
내게로 슬며시 다가온 바람
눈 뜨면 만나는 아침의 밝음처럼
그렇게 자연스럽게 만들어진 상처
숨을 쉬고 있음을 알지 못하는 것이
살아 있다는 것을 증명하는 것처럼
잠시 쉬어 가라고 내게로 왔다
바람이 내 안에 들어오던 날
나는 세상 속으로 초대되었다

바람 따라온 파도

그렇게 파도가 바람을 따라서 왔다
함께 온 이야기들이 파도 위에서 흔들렸다
표면에서는 거친 숨을 내 쉬면서 출렁이다가 흩어지고
빠른 속도로 멀어지더니 이내 되돌아온 사연들이 모여서
발목에 이르러 철썩거리다 그냥 돌아서 가는데
어디쯤에서나 허리를 세우고 숨을 고를지 알 수 없다
바다가 밀어 올리는 힘에 몸은 해면처럼 휘청거린다
발바닥이 들어 올리고 거침없는 물방울이 튕겨져 오른다
허무하게 간질거리다가 손짓하고 가는 바람 따라온 파도
저 멀리 보이는 작은 섬들이 나선형의 꼬리가 되었다
흔들리고 부서지는 것은 파도만이 아니었다
조개의 성벽까지 부끄러움을 숨긴 잔혹사의 잔해 역시
무더기로 쌓였다가 세상의 온 빛을 다 먹어버린
중도의 바다에서는 날마다 잿빛을 더해가면서
사람들은 기억에서 사라진 것들을 찾아 나선다
바람에 실려서 가는 파도가 소리를 내어 기침하고 있다
끊어질 듯 다시 이어져서 발끝까지 달려오는데
이러한 밤이라면 잠들지 못해도 좋다 깨어 있으므로
바다가 조금씩 다시 푸르러지는 것을 볼 수 있을 것이니.

바람 또 하나

바람이구나
천리포 바람이구나
낙우송 아래 숨어 눈을 감으니
다가오는 것은 빛의 물결
쇼팽의 환상 교향곡이다
바다가 밀어내는 바람의 연주
우리가 서로를 의식하지 않아도
시간은 흐르다 어깨 위에서 잠시 쉬어 가고
세상이 내 안에 있는지
내가 세상 속에 있는지
굳이 구분할 필요조차 없는 날
나는 살짝 내민 버선볼이 되어
천리포 바다를 바라본다
가끔 깊은숨을 몰아쉰다면
그것은 잠시 쉬어 가라는 것
그대 천리포에 와서 살아라
바다를 밟고 빙글빙글 돌기도 하고
바람을 향해 춤추며 노래하라

울둘목

바다는 바람과 다투지 않는다
휘돌아 소용돌이치며
아우성치는 울둘목
시커멓게 솟구쳐 일어섰으나
파도마저 만들지 못하고
쫓아오는 물살에 휩쓸려
어느새 저만큼 멀어진다
푸르게 흘러간다는 말도
도도한 물결이라는 말도
겨울만큼 매섭게 부족하다
이제 울둘목에는
바다와 바람이 싸우고 간
흔적조차 없다

장맛비

장마에 내리는 비를
장맛비가 아닌 장맛비로 적으니
장마가 장마답지 않고 장맛 같더니
장마철이 되어 그치지 않고 내리는
장맛비를 보니 장마에 내리는 비가
장맛이 맞구나 싶다.

휴일

나뭇잎은 바람에 뒤척이고
가지는 바람에 귀 기울인다
녹두 색을 좋아한다는 것을
여름이 끝나가던 무렵에 알았지만
지나간 시간을 후회할 일은 아니었다
파시波市가 되면 조기떼 우는 소리에
잠들지 못하는 위도 사람들의 밤을 기억하면서
한 편의 영화와 쇼팽의 피아노곡
그리고 눈물 한 방울까지 행복한 날이다

초록의 나뭇잎은

너희도 단풍이 들고 낙엽이 되는구나
드는 빛이 눈부시어 보이지도 않던 가는 줄에
여린 몸을 의지하면서 끝없이 타오르고 또 올라
꼬리를 지상에 드리운 것은 남은 자에 대한 미련인지
올망졸망 하늘 끝에 모여서는 숲 속 아이들처럼 노닐더니
추분 지나고 바람마저 서늘해지자 한 잎 두 잎 햇살에 비껴
물이 들기 시작하자 초록의 나뭇잎은 연둣빛으로 변해가고
나이 들어 유년을 닮아가는 평범한 사람들의 일상처럼
단풍의 색깔은 연두에서 갈색으로 날이 갈수록 변하여
잎은 흙탕물이 배인 소년의 무명저고리 얼룩처럼 고왔다
먼저 물이 든 것이 어느 날은 누른 잎이 되었다가
찬바람에 제 몸을 스스로 말아서 부피를 줄이는 것도
저만치 숨은 자리에 새로 돋은 작은 잎과 꽃이 피는 것도
한 알의 씨앗으로 남고자 하는 질기고 아픈 생명의 소리다.

씨방은 부풀고

하늘과의 속삭임이 간지럽던 날
꽃이 진 자리에서 씨방이 부풀었다
작고 까만 씨앗은 큰 숨을 내쉬면서
초록 공간에 어울리도록 몸을 키워낸다
크게 욕심내지는 않았지만 지상에 남아서
식물로서 꼭 해야 할 소명을 다하는 것뿐인데
하늘을 바라보면서 노랗게 현기증이 나도록 기다리다가
굵은 빗줄기에 놀라서 흩어지는 동의나물 씨앗은
물에 떨어지고 의지하여 이동할 수 있었던 것도
움푹하게 패인 씨방의 품이 넉넉하였기 때문이었다
한 꽃대에 모여서 피고 지던 문주란이 서로를 의지하면서
호두알만큼 크게 자란 후에 드디어 떠날 준비를 했던 것처럼
누군가는 일부러 감당하기 어려울 만한 크기로 스스로
씨방을 키워서 바람에 넘어지고 파도를 향해 달려가
몸을 실었던 것처럼 꽃이 지고 씨방이 부풀었다.

씨앗의 여행

숲 속에서 날개를 퍼덕이면서 날 수 있는 날을 기다렸다
불바다가 한바탕 지나간 자리에 잔불이 피어오르던 날
슬며시 솟을대문을 지나 열두 칸 마루를 넘어 들어서더니
사각 문살 고스란히 담은 창호지 문을 부드럽게 두드렸다
수백 도의 온도가 되어야만 씨앗을 퍼트릴 수 있었던 시간
쪽 창문으로 이어지는 연속의 파형을 그리면서 기다렸던 것
뱅크스 소나무의 날개 달린 씨앗의 여행이 시작된 것이다
크게 성장할 때까지 무려 백여 번까지 산불을 이겨낸다는
두 팔에 안길만큼 넓은 나무껍질은 물에 적신 듯 촉촉하다
견뎌야만 했으니 죽도록 숨죽여야 씨앗을 날릴 수 있으니
잿더미가 되어 허물어진 대지에 사뿐히 내려앉을 수 있게
불타버린 세상에 씨를 내려 생명을 창조하는 씨앗의 운명.

남은 자를 위한 기도

저승에서도 그대
카페지기 하고 있는가
사람은 가고 없는데
보고픈 마음에 찾았더니
인터넷 카페가 그대로구려
저승까지 무선으로 연결되었네
새로운 회원들도 만나 보았나
잠시 그대와 헤어진 것이라는 생각에
그동안 지우지 못하고 있었다네.
이승의 문 닫고 간 사람이지만
저승까지 이렇게 열려 있었구려
언제쯤 훌훌 털어낼 수 있을지
모든 연락처에서 삭제할 수 있을지
한 해 가도록 통화 한 번 주고받지 않는
그러한 사람들과 이미 평등한 관계
지울 수 없어 지우지 못하고
남은 것들을 위하여
술 한 잔 올리네.

종지기

배는 떠나고 말았다
작은 섬은 아름다웠으나
그리 멀어 보이지 않는 육지가 그리워
나그네는 성당의 종지기가 되기로 했다
천장에 매달린 굵고 험한 밧줄을 당겨서
숨을 들이쉬었다가 다시 내쉬면서
익숙한 몸짓으로 튀어 오르듯 줄에 몸을 맡긴다
물수제비가 되어 퍼져나가는 종소리를 상상한다
꿈속 그림처럼 푸르게 채색되어 소리가 휘어져 감긴다
종이 울리는 것은 솟구쳐 오른 몸뚱이가
뉴턴의 사과처럼 지면에 떨어지는 순간인데
오르고 내리는 길이 다르다는 것은 종지기 그리고
또 한 사람, 종탑에 올라 가보면 알 수가 있다
문제는 종지기가 종소리를 들을 수 없다는 데 있었다
종소리는 스테인드글라스에 반사되어 간섭하고 소멸하여
오로지 바깥세상에서만 굴절하고 진행하였던 것이다
호수를 떠난 종소리가 숲 속에 닿아 안착하여 잠기고
돌아오라 이제는 돌아오라고 목이 쉬도록 외치지만
종지기는 돌아올 배를 기다리면서 지금도 종을 친다.

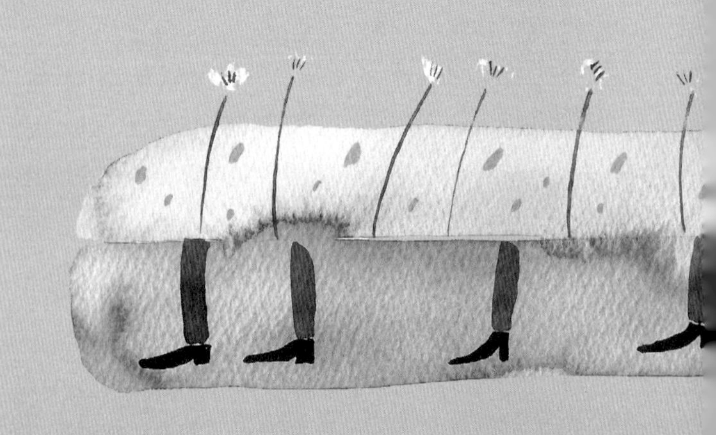

Ⅳ부

길 위에 길

바다는 바람에게

울돌목에 세상 내려놓으리
소용돌이치는 저 바닷물에
모든 것 던져 버리리
겨울바람은 떠나지 못하고
진도대교에 남아
휘몰아치는 이월인데
시커멓게 아우성치는 바다
수런거리는 소리에
동백이 배시시 꽃눈을 열었다
바다가 기다리던 사람은 누구였을까
그 누구도 탓하지 않고
잠시 그렇게 지나고 나면
흔들리는 것은 바람이었을 뿐
오래 기다리고 있었지만
바다는 바람에게 결코
길을 묻지 않는다

공간에서 찾는 나

아무런 말도 없이
아무런 행위도 없이
잠시 머문 그 자리에 내려두고 싶고
무심한 듯 그렇게 앉아서
창을 넘는 햇살을 바라보고 싶어
두려운 것은 스스로 나를 잊는 것이지만
해지기 전 그리고 해지고 난 후라면 좋겠다
내게 주어진 시간과 정녕 다시 만나기 위해
아무것도 하지 않고 멈춰 있었다

길

쉬운 것은 누군가 밟고 간
길을 따라 걷는 일이다
많은 사람들이 지나간 길이면
몽글어진 솔잎처럼 편안하다
낙엽이 부서지며 바스락거리는 것은
세상에 존재를 알리는 신음소리다
사그락거리는 소리에 선잠을 깬
진달래 한 송이 붉게 봄날처럼 피었다
부스스 일어서는 상념들
깊은 가을 생솔가지에 부딪혀
눈이 부시다

길 위에 길

바스락거려도 바스라져서 소리 없어도
처음 가는 길이어도 때로는 누군가 먼저 간 길을
그저 따라가는 것도 모두가 좋은 일이다
숲을 하늘 삼아 덕유산 단풍 낙엽을 밟으며 걸었다
길은 길로 끊임없이 이어지는 줄만 알았는데
울창한 숲에 가로막혀 더 이상 갈 수가 없다
잠시 머물렀던 바위에서 한숨을 고른 후에
불연속으로 이어진 또 다른 길을 찾는다
가끔은 모퉁이에 서서 돌아가야 할 길을 찾기도 했다
길 위에서 만나는 사람들은 매번 바뀌었다
마치 기억처럼 끊어질 듯 다시 이어지는 인연들이다
멈추어 손을 내밀고 먼저 인사를 하고 싶지만
그것은 번번이 저만치 멀어진 이후의 일이 되고 만다
사람들이 열을 지어 지나는 모습을 바라보면서
느린 걸음으로 그들의 등을 지표 삼아 걷는다
홀로 남겨졌지만 그땐 잠시 그냥 멈추었다
길이 끊어진 자리에서 만나게 된 강물이 흐리다
뗏목에 몸을 맡기자 하늘에서는 별들이 쏟아졌다
우주의 여행자들이 동행이 되어 준 새로운 길
하늘 동네에 이르자 길 떠난 사람들로 가득하다

길은 거침없이 바다를 향해 떨어지는 젊음이었다
태양과 어울려 푸른 아드리아 해를 꿈꾸는 잉걸이다

떠날 시간을 기다리면서

떠날 시간을 기다리면서
큰 가방을 준비하였다
챙겨가야 할 것들의 목록을 적고
빠트린 것은 없는지 다시 보고 또 본다
여행은 늘 예비되어 있는 것인데
이처럼 버벅거리는 이유는 무엇일까
오늘 유난히 나는 느리다
시간을 생각하지 않고 빨래를 시작했다
사람들이 타고 내리는 열차 한 칸 좁은 자리에
참으로 오랜 시간 타고 있었구나
서둘러 챙긴 가방에는 묵은 짐만 가득하다
몇몇 사람들이 내리고 또 오르기도 한다
역마다 만나게 되는 인연들의 표정은 다양하였다
그래 그곳은 정녕 전쟁터였지 세상 밖은 지옥이라는데
꿈꾸는 평화로운 마을을 찾아 들깨를 수확하고
상추꽃 피는 모습도 놓치지 않을 것이다
부드러운 흙과 틈새를 넘어오는 바람과 함께 앉아
붉은 노을 바라보면서 여유로운 저녁을 기다릴 것이다
떠남에 있어 작은 손수건 하나면 충분하리.

• • •

구두 한 짝

구두를 찾고 있다
사람들은 하나둘 떠나가는데
갈색 구두 한 짝은 어디로 간 것일까
함께 있었을 것인데 점점 초조해진다
비슷한 모양과 유사한 색깔은 많지만
발에도 맞지 않고 내 것 또한 물론 아니다
신발장을 열고닫기를 수없이 반복한다
아는지 모르는지 사람들은 태연하기만 하다
마당에 내리는 햇살은 적당히 따스하여
키 작은 과꽃들이 간지럽다는 듯 고개를 흔들고 있다
유리문 하나를 사이에 두고 기다리는 사람들은 태평하고
신발 한 짝을 신고 서 있는 나 혼자만이 불안하다
그렇게 잠을 깼다 비어 있는 두 발이 허전하였다

고구마

마르고 시들어 낙엽이 된 잎이지만
버리지 않고 끝내 매달고 있다
마지막 영양분 모두 소진할 때까지
너를 포기하지 않으리
수조에 담긴 고구마는 햇살 드는 길을 따라
동심원을 이루면서 줄기를 뻗어 잎이 무성하다
비록 황량한 돌 위에 있어도 황토밭 부럽지 않다
빈 땅 헤집어 벽을 타고 오르기도 하고
한 철 그렇게 작은 성주로 군림하다가
가을 햇살 길게 들자 제 몸 썩혀 시들고 있다
그저 하찮은 고구마 한 덩이지만
낙엽이 된 잎 하나라도 버리지 않고
살다간 자취 제 흔적 남기고자
누군가 거두어 주기를 기다리는 것이다

새벽에 홀로 깨어

언제부터일까 혼자인 것은
여름날 오후에 찾아온 어둠처럼
짐을 꾸릴 때까지는 적어도 아니었는데
불안한 모든 순간을 생각이 지배하고 있었다
앞선 기억을 밀어내면서 여전히 도망치는 사건들
필요한 것들에 대한 정보도 없이 무작정 찾고 있었다
하지만 찾았는지 찾지 못한 채 그냥 그렇게 떠나왔는지
도무지 알 수가 없다 서둘러 돌아왔지만 이미 늦은 것인지
향적봉에 핀 들꽃과 잠시 동행하여 맺은 인연이 있었기에
매번 허둥대긴 했으나 혼자라는 것을 때론 잊을 수도 있었다
가치를 지배하고 있던 사상과 지혜는 어디로 사라진 것일까
새로운 것을 찾고 있으나 그것은 오직 떨리는 두려움일 뿐
이제는 텅 빈 주차장에 무릎 통증과 함께 남겨진 것이 사실
부슬부슬 비가 내리는 아침이라서 오히려 다행이라고 했다
드러내지 않았기에 이제라도 남은 규칙을 지키기 위해서는
주술에 중독되고 일정한 거리를 두는 선택을 해야만 한다.

워터코인

워터코인 하나가 제 키를 늘여
빵빵거리는 자동차 세상을 기웃거린다
사방팔방 투명한 유리병 속에서
뿌리는 엉키어 서로를 지탱하고 서 있는데
여린 것들과 제법 자란 줄기들이 제각각인 것은
기류에 따라 다른 꿈을 꾸고 있는 게 분명하다
그때 일탈한 한 줄기 홀연히 일어선다
그리 대단할 것 없는 도심 거리를 기대하는 것이
위로인 듯 바람 한 줄기 날아와 창에 앉았다

김치

굵은 소금에 적당히 숨죽은
한 잎 한 잎 배추 가닥 들쳐가며
서해바다 갯벌 같은 붉은 고춧물을 들인다
익숙한 손놀림으로 휘휘 감아
김치 한 쪽에 들어앉은
마늘 생강 다져 넣은 양념 죽
지금이야 매운맛 그대로 몸에 걸친 채
생김치로 앉아 있지만
적당한 온도에서 시달려 발효되면
언젠가는 맛좋은 김장김치 되겠지

인연

그는 나를 보고 있었다
잠시 쉬어 갈 자리를 찾아
두리번거리고 허둥대는데
머물다 가는 공간이라 언제라도
다시 만날 수 있는 것은 분명하거늘
무엇이 그리도 두려웠던 것일까
인연은 씨앗이 두 개인 도꼬마리처럼
첫 장에서 만나 열매를 맺을 수도 있고
어쩌다 씨 하나 싹 틔우기를 실패하면
남아있던 작은 것이 옹색한 허리 고추 세워서
비집고 나아가 발아를 준비하는 것이다
오르지 못할 곳이 없는 잡초와 함께 태어나
온 세상 풀빛으로 곱게 물들이는 것이다
때로는 큰 씨앗이 때로는 작은 씨앗이
소리 없이 소멸하는 것이다.

시린 기억 하나

많은 것이 변했으나
많은 것은 그대로였다
낡은 흰 고무신 끌며
허리띠 질끈 매고
자주 들르시던 마을 입구 선술집
사기잔에 맑은 술 한 잔 부어
몇 번이고 꺾어 마실 때
고춧가루 벌건 깍두기는
엄지와 검지 사이에서 몸을 드러냈다
안주는 고작 뿐이었으나
소주 넘어가는 소리는 항상 맑았다
잊히지 않는 시린 기억들을 붙들고
다시 찾은 진도읍 조금리에는
육지에서 몰려 온 화려한 공산품들과
문이 닫힌 쓸쓸한 호프집이
바닷바람을 가르고 간다.

눈꽃

비록 볼 수 없는 먼 곳으로
떨어져 사라지고 흔적조차 남지 않아도
하늘에서 맺은 인연 잊지 말자 했거늘
추락하는 동안 공기와의 마찰이 뜨거웠을까
눈꽃 속에서 보인 그리움은 눈물이 되었고
조금씩 바람에 비끼어 중심을 잃고 흩어졌으니
남은 것 역시 중력에 끌려간 후 더 이상 찾지 못하네
내 그대에게 오늘 시詩 한 수 올려 이별을 고하노니
사랑하는 당신! 이제 그만 나의 사랑을 잊으소서.

첫눈

첫눈은 언제나 그렇게
미리 연락조차 하지 않고 내린다
상강이 지난 어느 날에
단풍잎 위로 하얗게 쌓여
가을을 덮어 버렸다
첫사랑만큼이나 눈부신
남기고 싶은 미련까지 덮었다

허망한 유년

내 것인 줄 알았는데
흙먼지 풀풀 날리는 신작로 길
날듯이 달려서 가 밤늦도록 마실 다니던 마을
잿빛 개옹에서 손 짚고 헤엄치며 잡던 조개들
양은 세숫대야에 몸을 싣고 심청이 찾아
임당수 물길 노 저어 찾던 일도
지금까지는 진정 나의 유년인 줄 알았다
이제는 시간을 되돌리는 일들이
지나간 영상을 다시 보는 것처럼 쉬운 일
지상파에서 몇 초 전의 뉴스가
케이블에서는 현재가 되고
아이패드라면 그보다 더 오래된 과거를
실시간인 듯 검색하고 있다
시간이 온통 뒤엉켜 흐르는 오늘
우리들의 기억은 신뢰받지 못하는 과거일 뿐
자주 운을 거스르고 싶다
되돌아가서 되돌림으로써 새로 만들고 싶다
확실한 줄 알았는데 내 것인 줄 알았는데
전혀 아닌 것으로 조작되어진
참을 수 없는 기억의 허망함이여.

• • •

일하는 여성은 아름답다

– 전북여성일자리센터 개관 1주년 기념 축시

웃어라 여성이여
저 푸른 하늘을 향해
두 팔 크게 열어 소리 질러라
휘감고 돌아 흐르는 남천의 맑은 물과
우뚝 솟은 완산의 기운찬 봉우리에
그대 오늘을 꿈꾸는 사람
도전하라 여성이여
전주시 덕진구 들사평로 38
전북여성일자리센터에서 성공하라
할 수 있는 일을 찾아
설레는 마음 두근대는 열정으로
걸어라 걸어라 힘차게 걸어라
멀리서 들려오는 풍물소리
자 이제 우리 다시 모이자
청 홍 백 띠를 질끈 매고
소고춤을 추자
빙글빙글 돌면서 땅도 치고 어깨도 치고
온 세상 방방곡곡 두드리며
덩실덩실 춤을 추자
그대 아름다운 일하는 여성.

● ● ●

하루

아침이 오는 것은
세상이 색을 회복하는 것
새벽은 아직 무채색이다
창窓은 단순한 삶으로 이어지고
수십 알의 씨앗을 남긴 꽃들과
창틀을 가로질러 지나는 새 한 마리 있다
회색을 중심으로 진해지거나 연해가기를
균형을 잡기 위해 진동하는
양팔저울처럼 반복하면서
하루 또 하루를 열고 있다

• • •

해와 달

태초부터 해와 달은 하늘에 있었다
하늘에 함께 있을 수 없다고들 하지만
해가 지면 달이 뜨고 달이 지면 해가 뜨면서
술래잡기 놀이를 했던 것이 결코 아니다
해지고 나면 달 떠올라 서로 상사화 되는
아프고 쓰린 서러운 사랑은 더욱 아니었다
둘은 극히 가까운 곳에서 서로를 의지하면서
가끔씩 윤리적 거리 두기를 했을 뿐이다

알람을 해제하라

한 개의 소리로는 부족하다
탁상시계로는 결코 안심할 수 없다
어플을 다운받고 내장된 시계에도 저장한다
그래도 안심할 수 없어 아우성이다
알람을 해제하라!
시간이 정확한지 요일별로 점검하고
버튼을 눌러 확인하고 다시 확인한다
편집으로 돌아가 또 열어보고
행여 울지 않을 사태를 연상하면서
소리친다, 알람을 해제하라!
꿈결처럼 흐르는 부드러운 현악은 아니었다
요란한 기차 소리, 시끌벅적한 소음을 선택하였다
누르고 또 눌러서 제발 깨어나라는 명을 받아
뇌를 채운 자물통을 강제로 열어야만 했다
알람을 해제하라, 해제하라!

허공

나는 물이 되기도
새가 되기도 한다
창공을 향해
날갯짓을 하다
물을 밀어내는
물로부터
벗어나기 위해
부지런히 발짓하는
물인 나
새인 나

우주와 색色

137억 년 전 빅뱅 우주에서 탄생하였던
무거운 입자인 쿼크와 가벼운 입자인 렙톤은
양성자가 되고 중성자도 되어서 원자핵을 만들었다
원자핵은 전자와 결합하니 우주에 드디어 원자가 생겨났고
원자들은 모여 분자를 만들고 마침내 물질이 되었다
질량이 있는 에너지 물질과 질량이 없는 에너지 빛
물질과 빛으로 가득한 원시우주다.
원자가 탄생하기 전 그 시점에서
전자는 우주공간을 자유롭게 날아다니며
빛의 진행을 방해하여 우주는 불투명하였다.
빛은 한걸음도 나아가지 못하고 산란하였다
38만 년의 세월이 흐르고 온도 3000K에 이르러
전자는 원자핵과 결합하였으며 비로소
빛은 자유롭게 직진할 수 있었다
우주는 드디어 투명해졌고
공간은 에너지로 가득하였다.
빛의 삼원색은 빨강, 초록, 파랑
빛의 색은 섞을수록 밝아진다
빛이 지닌 모든 색을 수용하면 흰색

빛이 가진 모든 색을 거부하면 검은색
색의 삼원색은 빨강, 파랑, 노랑
색은 섞을수록 어두워진다
신이 만든 모든 색을 합하면 흰색
인간이 만든 모든 색을 합하면 검은색.

콩

지난해 말려둔 콩을 심었다
긴 겨울 동안 묻어두었던 씨앗의 사연을
이쯤 하여 흙 속에 풀어보기로 한 것이다
보랏빛 등꽃들은 산비탈에 서 있고
숲에서는 새들이 가끔씩 울고 지나갔다
온갖 나무들과 꽃들의 수군거림으로 환하던 날
멈춰있어라 잠시 그렇게 숨 쉬어라 명하면서.
이레가 되자 손가락 마디만큼 콩잎들이 자랐다
제 몸을 깨고 태어난 새잎은 줄기를 따라
콩깍지를 달고서 오른다
지구를 반으로 갈라놓은 것과도 같은
이제는 더 이상 쓸모없어진 듯 보이는데
여리지만 곧은 줄기가 무심한 듯 받치고 섰다
그래 떠나온 곳을 쉽게 버릴 수는 없을 것이야.
마디마다 어긋나기로 콩잎이 무성하게 자랐을 때
껍질만 남은 콩의 전생은 스스로 제 몸을 버린다
마른 육신을 땅에 던져 새콩의 먹이가 되는 것이다
씨앗의 소멸은 내색할 수 없는 아픈 사랑이었다.